霜月深夜＊目次

霜月深夜

新井瑠美　歌集

青磁社

新井瑠美歌集

霜月深夜

相聞の秋

いちまいの柿の照葉を添へながら手紙《ふみ》ぞたぬしき相聞の秋

柿渋に手を汚しつつ剝きあげて晩秋の陽に吊す気魂も

片なびく尾花が原にひかり充ち立てばおのづと荘厳されて

カメレオンの餌は生きたる蟋蟀《こほろぎ》と花野に狩れば百の叫喚

赤まんま可憐なりしが秋を祝《ほ》ぐ中野重治がよぎる目の前

稔り田の畦に生ひ生ふくれなゐの天上花と呼べば親しも

助数詞の弱りもぞすれ一頭とよばふ揚羽のむらさきの蝶

白き椅子

何人《なんぴと》もそこに座れば羽根の無き天使となるや白き椅子ある

ゐるはずも無き梟の声聞こゆ夜半の巽《たつみ》の高きがあたり

桜咲くこの序破急にうつつなく残り少き時間割きをり

新世紀二月生まれの女《をみな》児ぞ嗚呼と存続の声をあげゐる

誰かれに告げたきことのひとつにてわれがひひ児のふはふはを抱く

虫愛づる男の子ほとほと苦手なり蜥蜴すばやく捕へて飼ふと

琺瑯の鍋にほたほた煮え続く中身は「おまへのペットの兎？」

現身《うつそみ》の頭《づ》の重たきは外に出でて月華少しく浴びて鎮めむ

会話

手羽先をカリリと揚げて深む夜を死者を交へし会話がはづむ

待つといふ春のよろこび手を上げて舞子が浜の釘煮受けたり

胡麻和への菜花の蕾しやつきりと食べて死に花咲かせてみたし

はんなりと城の桜の咲き盛り肥後の寿司《にぎり》はサクラであつた

虫養ひと言うて出さるるちまちまと丸盆のうへの色彩料理

不意に来て間水《けんずい》を欲る少年よ猫足膳を据ゑさせをりて

雲を呑むそのネーミングを嘉せむか蓮華に掬ふ雲の断片

牛乳をサプリメントを水を飲む喉《のんど》まさしく漏斗のやうな

盛夏夕餉の金銀豆腐　若柚子の青き一片散らすも怡し

鄙《ひな》びたる生姜糖など提げ持ちて団塊世代の娘《こ》と行く東寺

鍋焼きといふあつあつが運ばれて湯気が夜長の寂を埋めたり

煮え花といふ日本語のあたたかさ夕べの椀にはうとゆるびぬ

友ありて鮭のピカタを食うべをりこの口洩るる罪障もある

湯に放つ千筋の麺を待てといふ熱く繫げる対話のために

風といふもの

舞ふ靡く乗る切る歌ふ百態をことばにしゆく風といふもの

花びらのこらへかねたる終焉を風横ざまに吹きて流せり

黒煙の渦巻き立つが西の空　気ままの風の無きことよかれ

花鉢を落しゆきたる突風の怒りしづまる夜の月明

けやき並木黄に輝きて続くなか一葉《いちえふ》ひらり詩をこぼしくる

曼珠沙華ならぬ家電を狩りゆくと秋葉原なる地名に戦ぐ

突風にかむる帽子の攫はれてかかる軽さの極月睦月

象

原宿にナウマン象のゐし話　原宿は濃き森であつたか

温室に象の耳ほどのモンステラ幼なひとりを匿してしまふ

甲比丹《かぴたん》と名付けられたる白藤の花のあはひの蝶が一頭

刈り残されし蒲公英ひとつが芝のうへ臆面もなく異種が根を張る

三歳の葵が寄越す絵手紙のヒエログリフのやうな文字面《づら》

雨だれが石をうがつといふ話忘れゐしこと思ふも緑雨

石垣に伸びてとどまる蔦紅葉　中途半端の仕儀に終るか

〈武蔵《たけざう》〉が吊るされたやうな大杉が一本立つてかたへのポスト

山のくぼみ

なかぞらへ手を差しのべて捥ぐ零余子《むかご》かかる微細のほろ苦きかな

たけだけと羊歯の群生充つるなりほの暗がりの山のくぼみに

淡緑の花序もちあげて木下かげ天南星《てんなんしやう》のあやしく立てり

朴の葉のばさと落ちしを踏み越ゆるここも異境とよばむ山峡

野にあればあるで有用の狼尾草《ちからしば》　陽に紫のかがよひ見せて

池の辺の九重塔なり苦渋とは生きて在る間の試練ならずや

山背《やましろ》の秋を覚悟のものおもひ蓮田の花托がくりと折れて

おもほえず差し出す双掌《もろて》　風花は人にやさしきことも教へる

羽　毛

ここへ来よ若冲の鶏《とり》か呼ぶからに奇彩の羽にまみれて寝ねむ

色つきの夢は怡しく暖かく羽毛布団にくるまり眠る

たたなはる山また山をつなぎゆく送電線が愛のごとしも

待合室に待つより他に所在なく『白洲正子』を読みゐる眼科

老いたりなブルーベリーのジヤムの蓋開かぬ真昼を無策のひとり

ねぢ伏せし悲傷うするる身の軽さ諦念のみとはいはずよ　鴉

残された時間が無いとかこつ夜は竹輪の穴を嚙みしめをりぬ

秋雨前線北に位置して泣かむとす惨事海彼にぐわらりと起きて

ゴスペル

古陶磁にうつつなかりし歳月の囲碁に爛柯《らんか》といふことありぬ

掌より掌に雉子の卵の五個ばかり食べよと言へり青きぬくみを

ししおきのゆたけき人ら鎮魂のゴスペル歌ふ救はれやらむ

おほかたは枯るる地辺にあらくさの丈の低きが頑冥の青

捩ね釣瓶記憶のなかと思ひしが寒夜きしめる音をもたらす

その昔《かみ》の光りおぼろの越天楽　東儀秀樹は現世を舞へり

夕光のしづくするがの醍醐寺に舞ふは海老蔵瑞瑞として

ひたすらに砂紋曳きゐる僧在りて白き浄土を具現しゆくや

天上のこゑを伝へる石とあるラピスラズリは硝子の向う

夏菓子のぷるんと喉にすべり込み午睡の夢の何であつたか

風水に黄色とあれば手折りくるセイタカアワダチ草ひと抱へ

異界

紫外線黒き日傘にさへぎれば孤影といふが足許にある

笹百合をたづねて駈くる前方を輪廻の野兎か横切るふいに

追ふものにあらねば駐めてしばし見つ草食む野兎の充ち足りるまで

山中に太き声する願はくば〈寒山・拾得〉剽《へう》げてみせよ

午後の陽の傾き早き渓谷に翳り帯びくる死を抱きこみて

せせらぎの傍へつましきテント張りアウトドア派は水と遊びき

ヴアカンスの終りの儀式　首の座に据ゑるは黒き縞目の西瓜

詳細は後のことにて転《まろ》ぶがに走りくる曾孫《ひこ》抱かねばならぬ

横断中の蛇を見てをり光りつつくねる姿態のうつくしからず

慎重に熊を吊りあぐゲーム機に息詰めてゐる見守る人も

ドミノ倒しに気鬱払ひてをりしかな地球滅ぶを長く忘れて

バカラ風玻璃器に盛りて桜桃を食めば露けし太宰がことも

ホール・イン・ワン・ボール七個は残りゐて歳月いつか夫を隔てぬ

マッターホルンも見てから逝けば良かりしに十八年前予約だけして

家ぬちのいづくか細き虫のこゑ棚のうしろが異界であるか

一言を狩りて夜更けの書を閉づる独りが住めばひとりまづしく

この朝もひらく朝顔数まへて薄暑大暑も過ぎぬ茫茫

北を指すことも稀にてけふは乗る〈みやこ路快速〉弱冷房車

しつらへる夏の食卓いちまいの青き楓を添へたりやさし

牡丹鱧白きが椀にひらきをり柚子一片を転結として

風神

乾坤は息もつかせぬ風神の荒ぶる宵の翔ける脚見ゆ

天変の風雨の中ぞ柳条は揉みしだかれて混乱の髪

刻刻と頭上不穏の黒き雲ひとは祈りのほかより知らず

振り返る過去世無用と言ひたれば雨に出で行く傘かたぶけて

颱風も地震《なゐ》にも無事を礼《ゐや》せむかバケツに育つ稲の一束

南部風鈴ひとつ落して過ぎしかな北東方へ移る野分は

夜濯ぎの水の涼しさ疾風のあとに節気の〈白露〉きてゐし

夢のあとさき

時ならぬ雷のとよみに断たれたる霜月深夜夢のあとさき

たましひを容るる器《うつわ》に他ならぬわれや墓参の花たづさへて

落花しきりの木下に佇てば花菩薩　蓬《ほほ》けゆくのも悪くはないか

散りかかるニセアカシアの花のした醜《しこ》の百足の洗礼ありき

われの海馬汝れの海馬がそれぞれの見当識を言ひたて始む

おくるみに睡るみどり児ふうはりと薔薇星雲より生まれてきたか

羅生門葛《かづら》・稚児百合・母子草　山野小さき草も名をもつ

信州の紫ふかき花あやめ提げて無礼の夜の闖《ちん》入者

巧妙に仕組まれたるを罠といふ微香ただよふ虫取すみれ

〈芸術でメシが喰えるか!!〉夏の夜の吊広告がはためきながら

朱夏

つまづける石のひとつもいささかの縁《えにし》あらむか目鼻をつけよ

駅構内に出で湯を引きて旅行者も足を浸せり花の嵐山《らんざん》

ジヤズピアノ朱夏身ぶるひて響りだせり忘れ得ぬ日が間なく近づく

息づまるばかりの炎暑　大輪のカサブランカが死臭を放つ

暑熱かこちゐたれば置きざりのアンリ・シヤルパンテイエの焼菓子

交信は世界経《へ》回《めぐ》る二〇〇〇年いづれ冥界を呼びだすときが

再たの日を約して人の締めくくる言葉なな文字まさきくあらば

直　訴

展示品のひとつに黒き爪のあり被爆の人より生えし二寸余

放生池に群れて口開く鯉百尾　直訴のごときその暗きほら

林中に銀の網張る蜘蛛に遇ふ〈ルドン〉の蜘蛛のやうに笑ふな

鳥獣戯画に見をる蛙のふくよかさ角力してをりむんずと組みて

生温いものは喰はぬといふ鬼よ極月二十日吹雪く都ぞ

ビールなど与へて霜ふりにすると聞く黒牛の目に映る人間

暗みきて頭上を過ぎるものの影ジンベイ鮫の飼はるる館《やかた》

ブロイラーの鶏《とり》にも蹴爪のありしこと防ぐてだてのあらぬケージに

人間《ひと》の耳背に移植《つけ》られしラット見き生かさるるとふ苦役もあるか

春の猫

やんはりと言うて聞かせよ飼主《あるじ》なき猫のふうこが隙をうかがふ

ファスナーの噛み合はぬのも気にくはぬ声すさまじき春の猫ゐて

牛の背を越えぬ驟雨の通り過ぎ茄子に残りし紺青の露

家族率《ゐ》てここを秘境とよぶときの渓谷走るしろがねの水

草蘇鉄まさをに長《た》けて水の辺に蛇の二匹がもつれてをりぬ

笊蕎麦を二枚食べ終へまだ不服清流離れたがらぬ少年

渓谷をおほふ樹林のそのひとつ合歓の枝葉が空に貼りつく

ことだま

金銀の水引きをもて結はへたる小松が上の雨のことだま

古画にある滝一条の落下音　千年のちのわれが聴きとむ

シャリアピンの〈蚤の唄〉など歌はしめ千丈余の滝落つる傍へに

てきてきの水の反響聴くものか水琴窟は平調《ひやうでう》の秋

石ひとつ池に投げ入れ派生する輪の消えがたに諦念あれば

秋霖の町を過ぎつつ目にしたる〈母屋《もや》〉といふ語のひたりと温し

寝ねぎはの夜半の雨の音しげし窓を開けたき誘惑ありて

ボビンケースかちりと塡めて引き出だす下糸のやうな妄語をひとつ

迷路

岡崎はむかし葬送の地であつた美術館横の松がささやく

岡崎の地下駐車場に並び入る巨大迷路を指示されながら

ビルの地下カフェテラスに憩ひをりスカーフほどの青空の見ゆ

来し方を言はず行く末思案せず巌《いはほ》むんずと山もとにある

洞ヶ峠といふ十字路に差しかかる史実消したる新興の街

岩船寺こちらと弥勒の磨崖仏八百年余を立ちて導く

磨崖仏弥勒のそばに枝伸べし豆柿手折る慮外者めが

黄なる実のフオツクスフエイス植ゑありし夜半に灯るといふことなきか

集落の墓地に立ちたつ石塔に〈闇雲家〉とあり出自聞きたし

「そして誰も居なくなるのよ」歳晩の葉書ひそりと舞ひ込みきたり

鷺坂

古ひとの越ゆといふなる鷺坂の児にゆゆしきはひとつ蒲公英

倒立の少年ひとり頬染めて地表支ふる　その掌放すな

表面張力限界までを耐へゐしがまう一滴がこらへきれない

完全に言ひ負かされし少年の夢ぞ緋赤の闘魚飼ふべし

しどろなる葛の葉上の青蛙目立ちたければジャンプしてみよ

パドックを今し曳かるる漆黒の馬よゆめゆめ人に馭《ぎよ》せらるな

葦毛徐徐に老いて白馬になるといふオグリキヤツプも神化したらむ

キリン科の麒麟が鳥を喰ひしこともはや草食獣とは呼べぬ

がんばつてみても生き得ぬ百年を此の木ずしんと千年桜

結界の小石ひそりと置く庭の秋明菊の白が目に沁む

宇　治

宇治名水〈桐原水〉の湧きて澄む神に額《ぬか》づく手を浄めたり

這ふ・別るが枕言葉の蔦なりし杉のますぐの幹に巻きつく

宇治川を隔てて左右の桜狩りさくら散りなば鎮まる乱か

大輪の牡丹白きが極まりて花のまなかの貴妃が笑まひぬ

緑濃き苦瓜売らるる傍へ過ぎ恋また誤謬《ごびう》とおもふことあり

石塔に降り積む雪の平等に死せば貴賤のへだてのあらぬ

真昼間のしじまに響く添水《そふづ》にて姿勢正してをりしばらく

黄昏の雨に茫たりゆはゆはと灯を提げ祭の子らの渡れば

〈風景は心の鏡〉かの画家は水辺のそばに白馬置きたり

白蔵主

風の森峠を今か吹き抜けるすなはち神の過ぎりし時ぞ

老杉のしんと神坐《ま》す山に来て風といふ名の刻が流るる

妄想は月の影にもありまして杉の上《ほ》つ枝のゆらりと傾ぐ

大杉の梢を抜くる風のこゑ高天《たかま》彦社に慎みをれば

方違ひせむか大きく迂回して葛城山の神に近づく

穂芒の銀波ゆるらに靡くなか罠を逃がれし〈白蔵主《はくざうす》〉ゐよ

一面の冠毛さやぐその向う完熟したる陽の沈む尾根

此の世ならぬ所よりくる風ならめ地上繚乱の花が咲《ゑま》ひす

思ひつめ逝きしひとりが住まひたる隠れ谷より秋の風立つ

草深野よぎる一軀に吹く微風彼岸より来し風であらうか

伊賀越え

とつぷりと暮れしが伊賀越えしてゐたり遠街の灯に近づかむとて

伊賀上野猿蓑の碑を横に見てひたすら奔る出で湯目指して

みぎひだり山は迫りて常緑の木木は重たき冬の影もつ

屈託のあらぬ家族よそれぞれの箸に引きあぐ鍋を囲めば

湯の中に十指展げてつくづくと水生動物以前のわれか

余情

粟田口青蓮院の鐘撞きて余情まるごと抱き帰らな

往還に見えて寺内の紫陽花の人頭大《じんとうだい》の青の華やぎ

東寺北門櫛笥《くしげ》小路をはきと来る今〈空海〉の青きつむりが

忍冬の白の小花の黄に変はるその変はり身の早き現世《うつしよ》

山もとを奔らせ再《ま》たを見たきもの青金色の尾羽根の雉雄《きじを》

片蔭に生ふる半夏生いくらかはさみしい草とおもへ夕べは

起死回生といふことあれば世も末のいまひとたびの春の球根

葉桜のみつみつうそりと昏みゐる季節の底のごときを歩む

尽きるまで生きると言はれ少しづつ細胞破壊の毒も溜めゐむ

話しつつ目の停まりたる男《を》ののみど言ひ難きこと溜めてをらずや

人間の頭部五キロと聞きしこと五キロの米を抱へておもふ

流れ橋

木津川のむかし渡しの跡どころ木口稚拙な流れ橋ある

いくたびも流失に遇ひし橋なれば繋ぎ止めたる金具の見えて

時代劇ロケに多用の流れ橋けふはマウンテンバイクの奔る

ロケバスは元禄時代の町衆を運びきたりぬ木津流れ橋

冬雲の重くし垂れて木津川の葦辺人世《ひとよ》を関せぬ鳥が

蒲の穂をけふの獲物のごとく持つ手のひらほどの湿地を抜けて

流れ速きところを避けて立つ鷺のそよ葦ほどの繊き足見ゆ

鮎焼きしあとの煙のうすれきて紺一筋が河原抜けゆく

遺跡

放置さるる藪の奥処がぞめきゐむ日照権もさることながら

黄昏の藪に跋扈のものあるか顧《かへ》り見られぬ古墳のかたへ

死に絶えたあとのやうなる寂けさが夕暮れの藪をすつぽり包む

正道官衙遺跡家より二十分あつけらかんと空のみ広く

万葉びと偲ぶに昼は明るすぎ遺跡に夏草たけて揺れゐき

楊桃《やまもも》の熟実摘まむと来し遺跡そぞろ歩きの老爺がひとり

犬相のすこぶる良きを振り返るシベリアンハスキーヴイジュアル系ぞ

最後のさくら

遠く見て尾羽打ち枯らす樹とおもふしだれ桜の冬のありやう

育ちくる冬芽見てをり存らへて逢はむよ花の瞬発どきに

今生の白き梅見る余寒なほ残る路辺に頤《おとがひ》あげて

撓ふほど花をつけたるミモザの木高きを目指し来よといふなり

桜蓼摘みしは浄瑠璃寺あたり開発あればそののちを見ず

雲厚き卯月の午後を井手堤　小町桜の精に遇ふべく

天井川の下を今しも通過する京へ上りの夕月列車

情念の白き炎を描きたる〈三岸節子〉の最後のさくら

しがらみ

土深く絡み合ふ根をほぐしつつしがらみといふ人の哀しみ

あをはたの木幡と決めて転宅の人に視えくる老後といふは

秋は酒　ラベルに〈澄める月〉とある夫の墓前に提げてまゐらう

実るレモン一枝太きを運びくる娘よ大歳の束脩ならむ

蠟梅のいまだ花もつ所過ぎ二月の不燃物を提げゆく

捩花の咲くを摘むなど平らかな今日といふ日は再びあらぬ

赤き実のこれが冬青《そよご》と持ちくるる慰藉のひとつと潤ふ夜か

水蓮鉢の仮死の蜥蜴を引きあげき五分の命を救はむとして

喬木の下に見出でし風切羽　黒の五寸は初冬の檄書

後生大事に蛇のぬけがら持ちたれどつひに金など溜まることなし

呆けるまで生くればたぶん捨てられる　盆灯籠がくるくる廻る

冬光

いちはやく煌めく水を摑み翔つ鳥見ゆ冬の陽当る湖に

並み立てる岸の裸木を揺りて吹く風あり湖の蒼き沖より

まなかひに佇つ若ものの意気を見よ上着の桜咲き極まるを

台座欠けし野の石仏　欠け仏　世に経ることのかなしびとして

けふひと日生きて小庭の灌木も月明のなか昏き翳もつ

落ちてゆく行方知らずもまなしたの光り跳ねゐる雪解けの水

しづかならざる日を積み重ね生くること例へば魚の腹も裂きつつ

狩ごろも行縢《むかばき》高き公達のああそこだけが早春《はる》の白昼

昏き森に降り込む雪と見てゐしが春は兎の仔など生れむか

遠花火

夏昏き藪とぞ見つつ駆け抜ける物集女《もづめ》街道まぼろしの声

連綿と続く女系のさはあれど紫紺かがやく茄子捥ぎてをり

遠花火夏夜苦しく展くとき紛れて堕つる星もあらむか

花落ちのまだ掌に痛き瓜揉みて生活《たつき》おもたき厨といはむ

濡れながら越ゆる街川雨の夜はややに反りゐる橋にあらずや

橋桁を支へる太き円柱の夜半昏きはサムソンが腕

風笛

急逝の靴も残らず持たせやりこの空白の埋めやうもなし

夜くだちの緑雨すなはち離れがれに棲みし眷族《うから》といふ語の軽さ

御陵《みささぎ》の坂をくだりて感情の翳さすところ著莪のひとむら

雲疾き空に響りゐる風笛の不意に切なし入なるわれは

尋ね人たづねあぐねてこのたびも沈む座椅子の背もたれは革

万緑といへど浮き立つものあらず夫に続きて母を逝かしむ

ヴエランダの野鳩の卵孵りしと告げきて互みに触れぬ寂しさ

揺れながら行く他はなし一枚の板を渡せる湿原地帯

長き秋

逝く夏の夢を見しむと夜衾《よぶすま》の萩の絵柄は片寄りにある

心置きて視れば疏水をゆく水も生死微妙の晩《おそ》夏の光《かげ》

変若《をち》水とおもふ山井の水汲みて死者も暑熱の渇き癒せよ

忘れねば憶ひ出ださず残されし一羽苦しく老いてゆくなり

六曜の忌み日さながら雨降ればマイケル・ジヤクソン弾かせて聴く

裁けるは神の掌《て》のはら原罪のわれもつつしむ夏より秋へ

かかり来ぬ電話を待ちて暮れゆくに死ぬとは長き秋の始めか

境界

葉桜の濃き影映し逝く水の傍へ歩めば境界蒼む

人面のごとき亀裂を幹に持つ栗の木は立つ小暗き中に

小さなる林なれども踏み込めぬかかる躊躇《ちうちょ》のありて世を過ぐ

ひよどりの高啼く午後を振り仰ぐ樹梢おぼろに音声《おんじやう》菩薩

棲み慣るる辺地に視ればまなかひの土乾きつつ玉葱太る

固持すると言ふ程のこと何も無し贋アカシアの花も散り果つ

鳥よりも

これやこの李朝の膳に並べたつ鳥より多き食《じき》とおもひき

桜魚《うを》とも知りて揚げゐる公魚《わかさぎ》のすんなり細き腰のよろしく

鹿尾菜《ひじき》煮て運びくれたる娘の近く棲みつつ八重の桜も終る

鳥唐揚《とりから》と少し弾みていふ声の届く辺に居よわれの建《たける》は

ぶざまなる生きかたもせむ鳥串を横に啣へて未亡人《われまだ死なず》

生きて終らむ

ヌードマヌカンけふ地下街に屯《たむろ》して秋のモードを纏はむとせり

凡庸に生きて終らむこれの世に縁《えにし》もちたる人・犬・その他

花籠に瑠璃虎の尾のしんと立つおのれは副《そ》へとわきまへたれば

選ばれて生まれ来しこと倖ひと年歯重ねて思へよ柿も

積極に対処して来し身力を謝して犬曳くあらくさ野道

サックスを吹く少年の未来など知ることなくて死なむ恐らく

肉厚の花冠いくつも押立てて初秋さみしくさせてもゐたり

静かなることも良しとす稜線にいま落日の朱は射しゐて

花野

しのぎ削るといふこと長く忘じきて慰撫せよ古翫の百の物の怪《け》

手擦れゐて尚もぬくとき墨壺の歳時超えゆく花など挿せば

明るみて咲く田の隅の桜蓼《さくらたで》あはれ逝くとし聞けば顕ちこよ

賑はしく花野行くとき家族《うから》とふ錆のごときがまつはる濃ゆく

いつとなく揺るる地表に点として在りし瞬時と言はむか後に

冬木

紅葉に寄り来て声を挙ぐるなり世は凋落の末期ならむに

なま暖かき風の訪ふ神無月地球《テラ》のどこかで殺戮のある

六日月南西に見て帰りくる禱りに直きわれならなくに

〈蜘蛛の糸〉読めとせがみし子も離《か》れて父となりをる忘れざらめ

回答を迫られてゐる夜の夢真白き百合と見えしは貌か

鯖街道一途に南下してきたる六花《りくくわ》浴び来し馴れ鮨ぞこれ

迷ひ込みし蠅に翻弄されてゐむ身を立て直すいとま与へよ

俗性をふるひ落してすがすがとわれが冬木となるのは何時か

桜狩

桜咲くと聞けばそぞろに立ち出でて狩るといふ身の風流《ふりう》にあるか

傾ぐ陽に向けて疾ればは寂しもよ夢前川の傍の病屋

こめかみの蒼き怒りを見るなかれスカーレットとなりて立たむに

花鳥怡しむ心持てれば折ふしの誹謗の声も軽くいなさむ

頭《づ》をあげて〈不退転〉のこころ問ふべしや行手は曇る夏草の原

銀の雨

見し夢の中はおほかた銀の雨共棲みの犬死にたるときも

レゲエ派の男の髪は百の蛇揺りて夏夜を汗したたらす

消火器の少し傾く露地に入りわれに言ふことなしとは言はぬ

あと五年世紀末まで生き延びて禁煙国となれば死ぬべし

あすはまた何か見せうと生かされて洛中洛外やがての紅葉

すぎゆき

忘じ難き夏はアルトを響かせて唄ひてやらむ恋のうたなど

呼び出しのベルに浮き立つ蝶にかもわれの無頼が夜道を急ぐ

サファイアブルーの魚《うを》を飼ひをり死ぬるまで優雅といふを見せよ短か夜

我武者羅に戦ひをりし頃ほひの書房〈さんぐわつ〉みつみつの棚

西方に泛けば禱りの金真弓あはれ言葉に人刺ししこと

土用三郎けふ降る雨は凶作と聞けばみつしり重き日本

水無月の山に頻き鳴く老鶯の声すべらかに此の世超えゆく

コスモス畑

小豆餡底にしのばせ削り氷《ひ》は玻璃器に富士の姿見せたり

量販店〈ドン・キホーテ〉迷宮の深みに袋菓子の山積み

インド式計算ドリル欲しといふ最短コース狙ふか　この子

長靴はひとりで履ける二歳児は黄の長靴で晴れの日も行く

極上の言葉のやうな風があるコスモス畑のもなかに立てば

生活排水混じる水路の岩くれに亀がぞよぞよ甲羅を干して

遊び場を抜けて道路をまたぐ橋未来へ架かる風の吊橋

われといふ摑みどころの無きものに夏夜は与ふ絖《ぬめ》のしらかゆ

骨盤のゆがみ正されまつ直に立てば晩夏の結着がつく

白雨のあと

おいなみといふ語まろやか吹つきれて加齢臭など気にせぬ五月

稜線をくつきり見せてあしびきの山は伸びする白雨のあとを

まだと言ひまうと思ひて重ね来し齢《よはひ》祝ふか紅の牡丹花

「もしもし」といふて切れたる留守電に誰何《すいか》しやまぬ夕べの暗さ

レジ袋の皺をしづかに延ばしをり次に発する言葉を待ちて

再生の明るき部屋にしみじみと聴くは〈一本の鉛筆があれば〉

時を経て白き壁紙《クロス》が黄ばむころ曾孫のひとり人恋ふころか

十年間取替無用といふ照明器《あかり》忘るるほどの手軽さがいい

有酸素運動せよと言はれたり鴉が地上すれすれに飛ぶ

浴衣の足穂

鯨幕張りめぐらせてこの家はしゆくしゆくとある睦月の夜を

日帰りの旅といへども充ち足りぬ自然法爾の雪月花見て

追ひ追ひと復興すすむか東北へ人は行くなり霾《つちふる》 五月

いちはやく出でくる星を見て帰る帰る家あるさきはひ持てり

湯帰りの浴衣の足穂に出会ひしよその風采を鬼才と知らず

長楽館

長楽館〈タバコの間〉にて憩ひをりながながしもよ寡婦とし生きて
〈搔いつくろふ〉と小池光は言ひ得たり睫毛ととのふ少女のありて

背な一面龍のタトウの女来て湯屋に異様の華やぎありぬ

何ごともボタンを押して用の足る世である人の消えゆくときも

採血の結果は吉凶いづれとも入り日とろりと沈みゆきたり

老人ホーム

下校時の虫養ひに入りくる〈老人ホーム〉と名付くわが家に

ひとり又ひとり消えゆく身のめぐり桜が散つて青葉が増えて

たましひはここから抜けしかほつかりと口開けてゐる叔父のなきがら

ももクロもＡＫＢも過ぎゆくよ時代はつねに前進をして

〈家康が韓人であつた〉といふ小説《ほん》の作家の頭のなかの幹線

五目豆・大根サラダ・澄まし汁・メインは鶏《とり》の鍬焼きにしよ

ちまちまと並べてひとりの食事どきＴＶは観せる贋作家族

路地奥の八坂の塔がくろぐろと黄金比の姿見せて立ちをり

ペットボトルが原料といふ衣服着て人間なべて水の容器《いれもの》

ほどあひの湯なりのびのび浸りつつ綺羅なき戦中戦後おもひぬ

泣きたいやうな

読みつぎし『南総里見八犬伝』遠きむかしの貸本屋の本

百目らふそく立てて演じし〈釣狐〉人ならぬ声の異様にありし

深きふかき湖《うみ》の怪談　幾百の武者が腐らず立ちて動くと

壇の浦にほろびし平家の物語　英治・登美子の理念の違ひ

おとうとの悲哀に泣きし義経か腰越状の切なかりけり

弁慶の立ち往生をしたところ平泉に来て泣きたいやうな

飛び六方が見せ場のひとつ南座の花道寄りの座席を選ぶ

平家納経三十三巻美麗にて滅びしものが残す国宝

死角

下り立てる密の森なり踏み込めばもののけ姫の居るやも知れず

エジプト展の死角にゐたる黒き猫　金の耳環を片方つけて

ゆつくりと昔をほどきゆくやうに響るオルゴール百年前の

睡蓮鉢にもやもや飼へる目高にて吹けばとぶよな餌を時どき

ミニチユアのだるまストーヴ・火掻き棒・丸い薬缶もグリコのおまけ

のらくろは野良犬であつたといふ漫画昭和の初期の田河水泡

銀杏返し

チョーカーと洒落《しやれ》て告らくも首輪なりそこ行く犬も赤きをつけて

粋筋の銀杏返しを振りかへる日本髪には年齢がある

簡単に贅肉などは落ちるまじ長年かかって付けきしものを

東映のやくざ渡世の映画にて〈高倉健〉の着ながしの良さ

十返舎一九は弥次さん喜多さんを駆使して世間を笑はせたのだ

人名でありしと聞けば庖丁の立つる音にもひびく漢音

〈当店はアルカリイオンの水使用〉グラスに冷気びつしりつけて

しなやかな緑の草の鉢植ゑが売られてゐたり猫用といふ

新幹線のぞみ３００の曲線美　子供ならずも見とれてゐたり

重箱のまなかに据ゑて柚子釜のイクラの赤が正月らしい

オレンヂ色の夕焼けである明日といふ先に残夢をはらりと掛けて

寸胴鍋

使ひ慣れし寸胴鍋に牛カレー煮てをり一人に余る量なり

買物ツアーといふのださうな嬉しがる一行様を錦市場へ

すべからく狂言綺語といふべしや浪花びとなるひとらの会話

花粉症か風邪か大きなマスクして美しからう顔が半減

蕁しべ長者の始めの始めは虻《あぶ》だよと虫めづる子が得意気にいふ

小学校低学年に覚えたり〈ああ上海の花売娘〉

一年赤組松岡先生やさしくていい子でゐたよ七十年前

その昔〈一杯のかけそば〉が美化されて釣られて買つた童話があつた

まつ白なパンで命をつなぎしか敗戦直後アメリカのパン

アレルギー性遺伝といへり花粉症・喘息・アトピー賑はふ家族

ダルメシアンの犬が自転車漕ぐを観き乗れぬわたしの唖然としたり

かまくらとよぶ雪むろを見に行くとターミナルより出るバスがある

おほよその文化新羅を経しものと美術館にて諾ふわれは

七十年前の日本のひもじさは言うてもわからぬ飽食世代

卯月忌

酸素ボンベつね枕頭に置きましし温厚なりし君の卯月忌

棒線の引かれし雨宮雅子氏を悼みてをれば揺らぐ紫煙が

戦争は圏外のことと思ひしがいつか掏り替へられて近づく

出合ひがしらにぶつかる若きに謝辞のなし味気なき世とおもふが無理か

いつ誰の知恵であらうか段ボール敷いて囲って寝てゐる道に

ホームレス歌人の行方追ひつめてつひに消したり詮索好きが

あるいはとホームレス歌人のことおもふ名のある人の別の顔かも

食品を冷却するのが冷蔵庫いはんや死体を入れておくとは

加害者は六年生の女児といふ同学年の繊き手首よ

鍵のかかりし隣のコインボックスにまさかの嬰児あらねとおもふ

命かけ産みて育ててくれしこと忘れたバカが親を殺しぬ

クロスワードパズルに時間過しをり「サライ」購入して来し午後は

毒蝮三太夫なる男ゐて笑顔で介護つとめゐるとぞ

あの日ふと見失ひたるいちにんを探しあぐねて生きてをります

しかと見よ

体育祭のときには行進曲《マーチ》がふさはしくダダンと響れば太腿上げて

鴨川の流れに沿うて若きらの等間隔に座しゐる涼夜

まつすぐの背筋とおもふ家元とよばるる人を後より見て

おほかたの着物は絹のあたたかさ纏ひ立つとき女とおもふ

あざやかな流水紋を着てゐたり佐久間良子といへる商品

ヴエネツイアの水路を黒きゴンドラに揺られてみたきロマンも持ちき

小気味よく濃尾平野をひた走る〈ひかり〉に座せばわれも旅びと

イニシヤルが同じといふは小癪なり浅丘ルリ子も年を重ねき

明日のことわからぬなどといひながら少し未来も夢みてゐるか

ひこまごは寝返り始む頭《つむり》あげ老いさらぼふをしかと見てをれ

今はまう死後に訪はむかひとつ街マンハッタンの屹立のビル

あとがき

『霜月深夜』は、三十有余年振りの三集目であります。あまりにも過ぎ去った歳月を、惜しむものではありますが、すべては私の断念と怠惰のもたらしたことであります。最晩年を迎えて、詠み放った歌の数々に未練がでておりました。

始めの結社〈短歌世代〉で十年、自由に詠ませてもらって二冊の歌集を出した後、〈椎の木〉に移籍、経緯のことは省くとして、二十年余会員として在籍したものの、殆どが熊本周辺の人々、京都に一人では距離間からして、外様《とざま》のような存在であったかと思いおります。その間、一冊も纏め得ませんでした。

安永蕗子様は、名歌、秀歌数知れず、迢空賞、その他多くの賞に輝いた立派な歌人のおひとりでしたが、晩年、右腕とも左腕とも言われた人達を追放し、父君から継がれた〈椎の木〉を存続させることなく逝かれ、結社最後の追悼号も刊行することなく消滅したのは悔やまれてなりません。

在籍中、詠み残した歌稿も整理不十分のため大方を散逸し、残りを生きた証として纏めることにしました。〈椎の木〉に発表したもの、「短歌」誌その他に掲載されたもの、ここ城陽市での勉強会に提出した一部など、統一に欠けますが加えました。

今夏の猛暑の中、憑かれたように整理をしていて、二集目の書評をして下さった、河野裕子様の生原稿が三十数年振りに現れたり、ご家族がアメリカへ行かれる前、現代歌人集会の理事の端っこに加えて頂き、永田和宏様のもと、広報の使い走りをさせて下さったことも、又、平成十年には、城陽短歌大会の選者を、河野裕子様にお願いし盛り上げて下さったことなど、このたび、ご子息の淳様にお世話になるとは、長いご縁があったとしか思えません。

ここに至るまで、大勢の方々の恩恵を受けてまいりましたこと、只ただ幸いとおもい、陽の目を見ることになった歌の数々と、命長らえてこれたことに感謝しております。

青磁社社主、永田淳様には、引っ込み思案の私を勇気づけて頂き、お忙しい中から、歌集出版の労をお引き受け下さって、この上なく有難く厚く御礼申し上げます。

装幀をして下さった加藤恒彦様には、拙い集に華やぎを添えて下さり、心よりの御礼を申し上げます。

新井　瑠美

歌集　霜月深夜

初版発行日　二〇一六年一月二十七日

著　者　新井瑠美
城陽市久世南垣内一八三—六（〒六一〇—〇一〇二）

定　価　二五〇〇円

発行者　永田　淳

発行所　青磁社
京都市北区上賀茂豊田町四〇—一（〒六〇三—八〇四五）
電話　〇七五—七〇五—二八三八
振替　〇〇九四〇—二—一二四二二四
http://www3.osk.3web.ne.jp/~seijisya/

装　幀　加藤恒彦

印刷・製本　創栄図書印刷

ISBN978-4-86198-335-1 C0092 ¥2500E